U1009595

喜马拉雅以北

༄༅། །རི་བོ་ཧི་མ་ལ་ཡའི་བྱང་རྒྱུད།

李春俊 著

黄河出版传媒集团
宁夏人民出版社

图书在版编目（CIP）数据

喜马拉雅以北 / 李春俊著. —银川：宁夏人民出版社，2017.5

ISBN 978-7-227-06655-2

Ⅰ. ①喜… Ⅱ. ①李… Ⅲ. ①诗集—中国—当代 Ⅳ. ①I227

中国版本图书馆CIP数据核字（2017）第117283号

喜马拉雅以北 李春俊 著

责任编辑 姚小云
封面设计 赵 倩
责任印制 肖 艳

黄河出版传媒集团
宁夏人民出版社 出版发行

出 版 人 王杨宝
地 址 宁夏银川市北京东路139号出版大厦（750001）
网 址 http://www.nxpph.com http://www.yrpubm.com
网上书店 http://shop126547358.taobao.com http://www.hh-book.com
电子信箱 nxrmcbs@126.com renminshe@yrpubm.com
邮购电话 0951-5019391 5052104
经 销 全国新华书店
印刷装订 宁夏凤鸣彩印广告有限公司
印刷委托书号 （宁）0005121

开本 880mm × 1230mm 1/32
印张 7.25 字数 150千字
印数 2800册
版次 2016年6月第1版
印次 2016年6月第1次印刷
书号 ISBN 978-7-227-06655-2
定价 36.00元（平装）

版权所有 侵权必究

目 录

藏羚羊

跳跃的花朵飘在九月的风里。
看它们跨栏般跃过蓝湖的镜面，
与焦褐色的山丘融合，降下，
再一跃，几乎要踢破蓝镜子。

然后那长长的镜子移向后方。
草原平缓而辽阔，通向丘陵尽头的天际。
枯草在砾石中间摇曳着。

“开车追上它们。”但并没有得到回应。
也许没有人想得到回应，
只是静静观望：它们消失了。
每一种美好都在消失。

但另一种接着产生。

风穿过车窗。“有海的味道。”

伫立高处，雪峰闪闪发亮，湖水波光粼粼。

太多沉默的词，被风雪压过了的，古老简练的语种，

一如火山灰烬铺在大地上。

我们的车辙，轻轻跟在新鲜蹄印的后面。

野驴

野驴！野驴！
这神物，突然现身
荒原，与湖岸并行。
毛色发亮，悠然大度。

因为自惭形秽我们屏息于车上，
熄火，半下车窗。

风吹来浪，击打岸边灰色冰带。
啪，啪，啪……仿佛生命
都以这节奏生存。
但它们的蹄声，
它们的蹄声没入枯黄草中。枝茎折断，
砾石踩碎，轻微的响动顺着九月大地，

接近车子，爬进凝视的心。

它们是一个家族，十一匹，不，

又有一匹出现了。

这湖畔的巡游，坚定的仪式。

世界，属于它们。

有一瞬，我们也被融化在里头。

那些高傲的家伙

野牦牛，移动的黑岩，
长毛及地，不怒自威。
漠风呜咽，被一对
鏖战无数的犄角割伤。

而野驴，尖耳敏锐，
圆臀美好。蹄落处，
全是臣服者。相对于吃草，
它们更乐意耳鬓厮磨。

黑颈鹤自恋于水里的倒影，
咕咕评论一阵，渐次飞起，
让天空欣赏，再落下，再飞起……
陨石碎片被太阳融化，打破湖的镜子。

和远山一样，看着它们。

用远山的姿势，凝视。

黑牦牛说

草原被嘴唇感知：这是石砾
这是芒草，这是开红花的素馨
这是开黄花的卷鞘鸢尾
这是最后开放的龙胆花
舌头不假思索，选择生活的美学
而胃，细细品味，反刍物种的意义
一些蝇围着，我的尾巴不够长
一些蛾飞着，我的犄角不是对付它们的
昨夜下过雨，接下去要下雪
在没有被大雪掩埋之前
我要尽可能多吃，多吃
我的命运分为：大雪前，大雪后

马年在冈仁波齐

从 4700 米到 5200 米，抵达另一星球，
宿营地，止热寺旁，河水响了一夜。
阳光的早晨被冰刀咯吱吱刺醒，
而脑袋里有更多的冰刀乱晃着。
“冈仁波齐是金色的。”心里冒出的句子，
成为疼痛的灰烬，流出眼眶。

呼，左脚，
吸，右脚……
一具石化的人形，沿着崎岖山路一步一挪。
哦，天空和大地
是倾斜的，每抬起一步，它们更倾斜一些。
我被一些人超过，再被一些人超过，
酥油的味道，熟悉，亲切，

跟上啊，跟上，快一些钻进那慈悲的安慰里。

终于，卓玛拉垭口到了。

5630 米，几乎，可以抓住冈仁波齐的卍字大氅。

呼，吸……呼，吸；心脏的咸味，在干裂的嘴唇绽开。

蓝，白，红，绿，黄，经幡在风中低吟浅唱。

世——界——中——心。

美。好。安宁。

垭口太多被冻僵的巨石，

它们匍匐的身姿被磕长头的人们模仿。

陡峭的山坡，幽暗的月光，潺潺的冰河，

匆匆而过的人影。

这条路上灵魂川流不息。

2 天，53 公里的徒步。

冈仁波齐，藏历马年十月的午夜，抵达

焦急等候的塔尔钦小镇……

远远地有声音说了什么，也许并没有声音——

只有被道路覆盖的新奇和痛楚

注：冈仁波齐，位于西藏普兰县境内，海拔6656米，被藏传佛教、印度教、雍仲苯教以及古耆那教认定为世界的中心。它在藏语中意为“神灵之山”，在梵文中意为“湿婆的天堂”。

冈仁波齐

一

像我爷爷，坐在那里。

我无数次的想象中

你就是这样的坐姿——

满头白发，

一些侧面柔和，

一些侧面冷峻。

二

道路从四面八方赶来。

信念的双脚上，

一千年的靴子不停询问：

世界之门打开了吗？

你看见他们

脚趾乌黑。

三

你以慈悲之刀，

割破冈底斯的身躯，

慈悲之血，流经高原，

流向大海。

沿途的人，以慈悲解渴。

四

一粒粒尘埃，

在你的光亮里旋舞，

落在垭口。

在你门前，

匍匐而行的人们

即便只是经过，也心满意足。

五

诗人迦梨陀娑写：

“天鹅之群会听到你的悦耳雷鸣，

这阵阵雷鸣使大地肥沃，蕈菌丛生，

它们赶往玛那莎，

一路以莲芽为食品，

会在天空陪送你，直到冈底斯的峰顶。”

我从冈仁波齐转山完毕，

没有莲芽与天鹅相陪，

独自到玛旁雍措，用左手

轻抚圣湖里白头爷爷美好的容颜；

到拉昂措，用右手

轻抚鬼湖里白头爷爷慈悲的容颜。

注：冈仁波齐山脉是印度河、恒河、雅鲁藏布江等水系的源头。玛那莎即玛旁雍措，冈底斯即冈仁波齐。玛旁雍措位于西藏阿里地区普兰县城东35公里、冈仁波齐峰之南，是中国湖水透明度最大的淡水湖，藏传佛教所称三大“神湖”之一。民间称玛旁雍措为圣湖，或因其水甜；称拉昂措为鬼湖，或因其水咸苦。

措，藏语“湖”之意，亦译“错”。

古格遗址

城堡高矗，剪影苍老。

深蓝天色转淡，仰望者

等待镀金的神迹，却见一抹绯红

涂上多皱纹的额头，

随即一把不断长大的金刷子，

将绝壁上的建筑刷得金屑飞扬，

马上更多更大的刷子加入，

往下刷，刷，腾起纯金的薄雾——

奇景转瞬消失，还原颓唐土色。

历史是一间间坍塌的墙圈，

一个个洞窟，敞亮或黑暗，

曾经是炕或灶台的遗存，

熏黑的洞壁有无法辨认的字迹：

是呐喊还是遗言？

住在这里的是一个家庭还是一队兄弟？

他们全都没有名字，全都没有。

谁会在意这些？是你吗？

从洞口斜迈进来的光束，

一条腿撑到地面，

挂满幽灵般飘荡的尘埃。

极目四野，焦土千里，

唯象泉河谷一线黑绿蜿蜒天际。

护佑王朝的寺院，体现威仪的宫殿，

以残垣断壁，印证没落之美。

注：古格王朝遗址在西藏阿里札布让区象泉河畔的一座土山上。10世纪，吐蕃王朝崩溃，末代赞普朗达玛的重孙吉德尼玛衮，率领亲随逃往阿里建立古格王朝。1630年，与古格同宗的西部邻族拉达克人发动了入侵战争，古格王朝灭亡。

在革吉一家藏餐馆

餐馆之外是盛太阳的——
屋顶斜插的经幡、碎玻璃、蓬草尖……
一个大世界，流金溢彩，光芒熠熠。
我手捧的这个黑乎乎的茶杯，盛时间：
一些现实，某个人，几乎要遗忘的场景
随着腾腾热气溢出茶杯……
膝盖以下，黑暗被一条狗搅动。
（似乎还有一个世界与外面的世界平行。
再待下去，我
会迷失在两个世界中间。）

这个上午，我凝固在这里太久了。
炉子上的水一直开着，让光线分割着蒸汽；
我期待着变化，哪怕细如发丝的变化，

使灵魂随蒸汽化为乌有的变化。

可我仿佛是一块尼泊尔硬糖，

一次次加水，沸腾，就是化不开，

顽固地，坚持在杯底。

（更多的世事，煮在时间的壶里……

我，空白的纸页，写成的诗。

光阴被这样蒸发掉了。）

亚热乡的正午

阳光的囚徒，
在昏暗的藏餐馆里看——

辽阔的安静中，街道被风无声地推向远方。
两群狗以狼的凶狠追逐着对方，最后
躲进屋檐和车下阴凉的和平里。
哭泣的孩子，一路牵着母亲，
在掀开杂货店厚重的帘子之前，
满脸的泪水笑容荡漾。
麻雀们像被风吹下来的核桃，
呼啦啦滚向倾倒在路面的泔水。
没上鞍子的马，闻电线杆，
用蹄子刨地，没有缘由地长啸。
一部大马力摩托车呼啸而至——

这盛装的男人（蜜蜡、绿松石、天珠的项链，

半新的藏靴）单脚支地——

他轻微一动，无数个

粘在镀铬车把和排气管上的太阳跟着动，

仿佛他是造化者，车一开，

镇上的一切也会跟着离开。

莫名之罪

厚厚的阳光把尘土压住。
碎石闪光，屋顶经幡闪光，树梢闪光——
到处是它打磨的刀锋。
昨天，错纳措前，
四只轮胎，三只被割破了，
车，躺在修理铺等待补胎。

为什么安静的石头成为利器
埋伏在我们的路上？
为什么不是一只而是三只？
为什么没有人说这是警示？
这个世界里，还有什么力量
不仅仅让机器失灵？

一定有太多的错误——

被看到和没有看见的——

而自己总在遗忘，

而自己习以为常。

扎日南木措

那黑山羊般正朝这里走来的人
佝偻着腰，手捧一卷经幡
破靴子踢踢踏踏

那看不见的道路，在大地上
画出一个个的圈，穷尽一生
我绕着圆心打转

那从世界尽头吹来的风——
抚摸过雪山的白色
草原的草青色、褐色
再抚摸湖水的蓝、蔚蓝、深蓝
绿、翡翠绿、绿松石绿
岸边的卵石黄、灌满了光芒的黄

然后盛放在泡沫里，灭了又生

凝视时，我的灵魂不停地摇晃

在扎日南木措的白项链上

聆听时，太阳的一万支手杖

打向我，仿佛我是聆听的罪人

注：扎日南木措，位于西藏措勤县，海拔4613米，是西藏第三大湖，属咸水湖。

扎布耶，扎布耶

咸风浓稠，掠过漠野。

车子盘旋而下。半坡上，几块被铁丝

围起的牧场空空如也。

枯瘦的车辙灌满细沙。

融化了的蓝玻璃无声流下，覆盖山丘；

陡然，谷地被一抹奇怪的蓝举起，

像铲起一半的焦煳的玉米饼。

接着，那一抹蓝渐渐展开；

接着，那蓝生出一百种蓝，并夹杂更多的绿。

于是焦饼子神气起来，

焦黄的色块被起伏的山脊线

串成纸鸢，随风徐缓飘动；

蓝玻璃升华为薄水晶，如蜻蜓振翅即飞——

于是赤裸身子的扎布耶，一览无余。

而道路急切地奔向它，像坏了刹车。

盐的金字塔堆积湖边，灰白，脏兮兮，
奇形怪状的机器，简陋的房舍，
停着的卡车——空车和装载着盐的。
人呢？人呢？一些盐粒吹进呼吸道。
一些盐粒在皮肤上结晶。
视线空旷、漫长、迟缓，收不回来。

一只鹫。这旁若无人的活物，盘旋，
天空和大地都是它的，它发现了什么？
当它倏然低飞，没入东侧草原——
在那片无边的寂静里，灵魂听到，
听到世界被打碎的轻响……

注：扎布耶，位于西藏仲巴县仁多乡，是世界三大锂盐湖之一。

宿当惹雍湖畔人家

暮色斜落，草原空旷
湖面晦暝，与荒野的界限消失
一百条道路可能是一百个陷阱
山脊上一线脆弱的灰白
被黑铁挤成粉末，随风扬散

骤雨突然而至，雨刷怪叫
车轮弹跳在没有尽头的大地上
背后的道路坍塌在黑暗里
从天而降的雨滴
缩进车灯橘黄焰火里取暖

寻路的人啊，怕一生
都进不到前头的光里了——

却见路边一星光亮闪过

黑狗和黄狗狂吠

几户人家，被地图遗忘的村子

提灯在路旁。简陋的泥屋里

在母亲和女儿的脸上见过的

现在照耀着我们

注：当惹雍措位于西藏尼玛县，是西藏第四大湖，四面群山环抱，形成了相对温暖湿润的小气候，湖畔有些地方可以种植青稞等农作物，这在藏北是极其罕见的。

虾琼村雨夜

黑山羊眼睛一样的寂静

被梦里泪水淋湿了的寂静

雨在屋顶上细密的针脚我听见了

雨在当惹雍措上的声音我一点听不见

那些雨点白天在云彩里漫步够了

现在落下来，一滴一滴，小小的喧哗

带来无边无际寂静的包裹

那些淋雨的牦牛、羊只、马

那些野驴、藏羚羊

把包裹拆开了吧

落到了湖里的怎么办

失眠于暖和的火炉边

仿佛世上许多事都要操心

主人才让旺堆夫妇，你们先睡吧

小妹妹诺尔巴和仓久卓玛，你们先睡吧

叫吉姆的白猫，你也睡吧

这里是文部南村

这是当惹雍措，这是文部南村
被溪流分成两截的村子
每天用香柏与青稞之烟
缝补文部南村的苯教袈裟

村里的男女相似，刚从象雄古国来
垒墙的石头相似，要回象雄古国去
废墟无言，它们知道真相
游客如鲫，岂会深究本源

造化的偶然，村中溪沟里
几百棵树抱成一团
高原的神迹，湖畔山坡庄稼地
土豆油菜小白菜

日落日出，无关达尔果一列七峰

叫顿珠的与叫普琼的老人

手持转经筒，从湖畔转到寺庙

最后，坐在清澈的水渠边

看自己的女人洗菜、洗衣

看外来者面对他们时的惊异与无知

注：当惹雍措是西藏雍仲苯教徒崇拜的圣湖。达尔果山酷似七座整齐排列的金字塔，被雍仲苯教徒奉为神的圣地。“达尔果”和“当惹”都是古象雄语，意为“雪山”和“湖”。5世纪以前，曾经存在一个文明高度发达的古象雄王国，至今仍可看到古象雄国王宫遗址。

到达文布北村

如儿童以深蓝及银灰画当穹措，
以土灰画房屋以重彩画寺院，
再以简笔勾勒四围之山丘，
画到村子上方变成大写意，
色块堆积，再堆积，焦褐夹杂灰绿以及蓝，
山形奇峻，矗立如扇面——无意识的创造
一定给第一个见到它的人以开示——
神喜悦过这里，人亦当喜悦。
于是村子围着当穹寺形成。

徐缓长坡。从南边山脊爬到北面山脊的路
把村子割成两片。田野散乱。
高处几栋刺目的建筑，旗帜，电信塔。
能够沟通的人很难碰到，画工青被逮住了。

“我一直在寻找庄严法相。”他捏烟的手指颤抖着。

村里的人几乎都被他画过了，

这里所见的颜色也被他用完。

他绝望地看着自己的作品。

“城市的脐带紧紧缠在我的脖子上。”

居住于此的神！居住在人心里的神啊！

泛着白光的砂土街道，一些孩子打闹，

一群狗追逐、撕咬，几头黑牦牛睡在路旁。

院落的门开着。

经过了几块青稞地，没有羊的羊圈。

湖面抬升到快与山平齐，扁扁的倒影，

被一层薄水银覆裹。

风刮起盐粒，咸的，一张嘴就咸。

手，浸进湖水，清凉，尝了尝食指，吐出。

后来我们在山墙阴凉处坐下，

孩子围上来，开始分发糖果，

他们的好奇心很快消失，散去。

我们往阴影里面缩着，

给阳光腾挪出更多地方。

剩下的糖果在嘴里慢慢融化，

默默地，慰藉这几具无家可归的身躯。

湖畔村庄

湖畔散落的小小村庄，
每一个都望向湖水，
每天都照自己的容颜。
清晨到黄昏，云朵擦拭两次炊烟，
煨桑之烟轻而淡，淡到
融入光芒旁边的阴影里。

院落里人们安静。在路上踩积水的小孩，
溅起的快乐也安安静静。
狗们安静，它们追逐，爬进檐下，
像爬入黑暗深处，半天，浮出身子。
牛羊安静，在远远的砾石闪烁的草滩上。
围着没有皱纹的深蓝围巾，群山安静。

多少神祇来过，又安静地离开了。

也许，它们永远没有离开。

我走过这些安静的村庄，

一次次凝视安静的湖水，

倒影被光波揉碎，思绪在风中凌乱。

它们一声不响，弄痛我的心。

时间

这村庄的钟表总是坏的：
像谁天天后半夜提着它们
在湖里浸泡，锈蚀斑斑，
秒针走不快，分针也走不动了。
嘀嗒嘀嗒，本来时间是这样的，
现在，嘀——嗒……嘀——嗒……
完全变了模样。

于是袅袅炊烟更加漫不经心，
等待牛粪饼流出蓝色，才扭动着，
往出挤，像一个胖子，
钻出烟道，马上轻盈了。
云的阴影移过去一片，再一片；
有些狗跟着，几乎要睡着，

又被斜着眼睛的太阳刺醒。

人太少，太少，几乎看不见，
成群的牛羊后面，没有牧者，
村旁的青稞地不见人踪……
盯了很久，才浮现真假难辨的影子，
莫非有变形术？或者是，轮回？
跟着牛羊变牛羊，站在地里便是青稞。

每一座院落都睡眼惺忪。
经幡起落，乌鸦飞来。
我走遍全村角角落落，
时间并没有更快一些。

经过克那村

装饰如骏马般漂亮的摩托车

干干净净的蓝色卡车

占满小小的广场，买卖羊绒的人

和看热闹的人，像欢度节日

“在那东方山顶，升起洁白的月亮

玛吉阿米的脸庞，渐渐浮现在我心上……”

藏歌在人群里穿梭不停

一袋一袋的羊绒躺在那里

接受了这一只手的触摸、撕扯

再接受下一只，下一只

从这一个口袋装进另一个口袋

讨价还价；端坐在桌子前的人

称秤，记账；戴水晶眼镜的那个

不苟言笑，而另一个，胖，大声指责某人

另一个，盯着秤，只看准星

男人，男人，男人，他们马上要拿到钱啦

儿童挤来挤去，在柔软的羊绒堆蹦跳

安静的是女子，盛装的女子倚着车厢

看男人们劳作，口罩挡住了脸

妙曼身姿，明亮眼睛

闪烁在太阳的阴影里

谁会注意天上没有一丝云彩

谁去注意村边的无名措翻滚着不耐烦

羊绒很值钱？我可不识货

只喜欢她们看自己男人的模样

普诺冈日

422 平方公里的冰宫

向荒漠伸出 50 多条冰舌

涎水成为

某条江河之源

棕熊在哪里

被踩裂的薄冰上

是它的还是狼的爪印

太阳已升到半空

照彻嵯峨怪异山峰

起伏无边的漠野

但见白色的火焰闪耀冷光

绝地之王，无踪影

孤傲吧！你

有权蔑视来者——

或膜拜你绝世的隐逸

或倾慕你第三极的崇高

我或可超然如一片雪落下

如一粒沙站定

静静看你——

普诺冈日，普诺冈日

注：普诺冈日冰川，位于西藏阿里双湖地区。地质专家视普诺岗日冰川为南极、北极之后的第三极。

藏北信札

哦，惦记，一路惦记你们
并渴望被惦记
在饭局酒色中，惦念无分量
唯生活的黑暗让我们聚集
像灯蛾，却没翅膀舞动，没勇气投火
于是我的灵魂先于躯壳逃离
此刻，仍感觉肉身在深圳某处
——题记

之一

红尘的另一极

海拔四千八百多米，没有地名

距措勤县城尚远，距扎日南木措更远

荒无人烟，这个词是准确的

荒凉辽阔，也是准确的

一顶帐篷，还有一顶小帐篷（堆放杂物）

安顿了一群生命——

边久努布一家：夫妇俩，一双女儿

两只藏狗，多吉和尼木，黑色

一只白眼圈，一只白爪子

数目不详的牦牛

还有我，以及旅伴胡子

边久努布懒，一种优雅率真的懒

喝酒，乐意以灌酒的方式建立友谊

可他骑在马上的模样迷死人

他老婆曾是美女（看她的女儿吧）

沉默寡言，挤奶，捡牛粪

干不完的活。她用寡淡的奶茶招待我

似乎这样可以冷却我的热情。不

可能！我如此热爱她们

哦，那一对比珍宝还贵重的女儿啊

清澈的眼睛如天空如湖水

因那干净善美的凝视，生灵皆可安详去死
（莫非远道而来，就为寻找这归宿）
静夜，倾听她们的呼吸和梦呓
怀着绝望的爱，绝望于远去的青春

没有人对我那头的世界好奇
没有。顺应着大自然的节奏
这里一切都和她们的身体一样
亲切、熟悉、珍贵、自足

之二

山脊有最好的视野
向西，冈仁波齐，向东，纳木那尼
无数玛尼堆，风经过五色经幡
宇宙的声音哗啦啦响
冈仁波齐
看他的眼神是亲人的

忘记了他的鞭挞，他所制造的绝望
整整两天，绕他膝下一圈
塔钦，止热寺，卓玛拉垭口
53 公里的圆，世界中心的膜拜
哦，这严厉而悲悯的白头爷爷
玛旁雍措
以湛蓝的辽阔装下纳木那尼
在山脊另一头，看
圣湖倒影，那峰巅之雪
水波洗一遍颜色变一次
挂经幡的藏人，他的摩托车
绕过玛尼石堆，下坡，沿水与岸的细线消失
平静的天空，也有一朵云彩跟着消失

十月午后，草色金黄
柏油路如黑蛇蜿蜒
过拉昂措，头昂向普兰县城

我们超过在湖畔拍照的车队
盘旋道路没有尽头
蓝空沉重，从纳木那尼峰顶压下
一部皮卡几乎要撞上，呼啸而过
几张藏人的黑脸庞和白牙齿定格
再从一个山口转下，徐缓的冲积扇
一部载重车犁开亮黄色的巨浪
它若停不下来，我们会沉入尘土的海底

普兰，阳光强烈，树木成林
一些庭院里
向日葵盛开。经过成为废墟的旧城
新城如梦游者，迷失在格式化的街道
如果没有买尼泊尔木碗
如果不是所见的场景和曾经的梦境重合
——手持转经筒，黝黑肤色
露出干净笑容盯着你

返程暮色苍茫

又到那一大片冲积漫坡

看，狼！司机喊

一头狼，安静地朝我们走来

车子停下了。300 米，200 米

它抬头看我们，没有停顿

尾巴低垂，沉稳，在它的领地

孤独的王，顶着纳木那尼王冠

啜饮玛旁雍措之水

100 米，50 米……

之三

进入尼玛县城加油站

加油，再发动

车子坏了

早上从文部南村出发

偶遇的司机带我们走上另一条路

（“风光更美”原来是说要走错路）

一个咸水措，岸边晾着白花花的盐碱

高耸的石壁下，几户人家

很大的寺庙，沉默的金顶

很多经幡和乌鸦

高远无边的蓝里，一只雕飞成黑蛾

滑入河流蜿蜒的草原

对岸高地，有车扬起黄尘

哦，我们的道路近在咫尺

于是洗手和脸，烧茶喝

一队藏羚羊在远处

几头野驴在远处

于是沿着河流奔驰

没有桥。再折返，重新翻过山岭

然后，过桥，看见

无数车辙

把荒野一刀一刀划开

仿佛看见血，自己也长出兽牙

追逐。漂移。夕阳中

巨大车影碾碎大地

直到

车子坏了

之四

双湖幽深而寒冷的黑暗里

城边检查站的铁链抬起

允许我们去普诺冈日

也允许黎明跟着照亮山谷道路

路旁广告牌上，棕熊与狼窃窃私语

“这里是野生动物的乐园”

所谓乐园，怕只有沙砾摩肩接踵
五六千米海拔，动物植物一样稀少

唐古拉山南麓，山野大漠
冰碛丘陵，泥色的河
初阳在薄冰的花纹上闪耀
王城的迷宫，冰壁高耸

流泪的妃嫔藏在暗处
更深的地方，神兽以水滴的速度飞驰
几池碧玉，巨蘑菇树寒意凛凛
白帐篷被天空的蓝宝石洞穿

冰墙上，落满太阳黑色的灰烬
神圣的王，你躲进哪一座宫殿
我只见到冷酷的工匠和温柔的艺术家
正雕刻一些人形或动物的剪影

我走过了九个高原湖泊

我走过了九个高原湖泊

但没有一个是我的

我越过了九个雪峰山口

我只是经过，不会停留成一块陨石

风吹着湖水，鸟的倒影分不清

云扫涤天空，腾出地方给星星

大地空白，即使野兽奔驰，猛禽高飞

光阴虚无，纵然人民繁衍，英雄辈出

被等身长头祝福过的道路

我只是经过，看见了，走了

在生命禁区，远离尘世

一些人事永远多余

抵达拉萨

满山满谷，大雪早我一天抵达，

拉萨河一路拖着冬天的黑丝巾。

古城赖在床上，半拉黎明的窗帘。

寺院煨桑的烟雾中，早起的都是圣人。

布达拉宫脚下的众生，和以往一样

乘车的乘车，过桥的过桥。

我将少往大昭寺或哲蚌寺跑，

就住在喜德林寺近旁，喝甜茶，

在坍塌的大殿跟前，

看掷骰子的居民、嬉戏的儿童。

我的美学和那些古老废墟是适宜的。

然后，在迷宫的巷道里穿行，

在冻得发脆的暮色里穿行，

在手持菜篮或转经筒的人群中穿行，

做一个生活气息的收藏家。

看见了什么奇迹异象已经忘记了，
活在这里的一天便是一百年——
当我钻进词汇的库房，搬运着
最质朴的字，建筑灵魂的模样。

大昭寺前

那些转经的人们

一拨一拨从眼前经过

我从他们中间

看到了我的亲人们的身影——

我的父母，我的兄弟姐妹……

看到了童年的我和青年的我——

我看着我：转过一圈便老去一轮

步履蹒跚，众人踩过

那被夕阳拉长的影子

我仿佛跟他们

在这里已经一辈子了

我是他们中间落在最后的那一个

天蓝龙胆

一

蓝天的碎片啊，带着太阳的光亮！

看见的人，都惊叫起来。

我说：逃离地狱，摇曳自由的蓝火苗啊，

高原快要窒息。

二

神要收回你的笑靥，

被风截下了。

三

这般鲜艳单纯，这般明亮安静，

你兀自盛开，像一片草原，

空旷地开着。

凝视的人，饱含热泪。

四

春天及夏天的盛开与寂灭，

属于红尘。

你在它们之前和之后，

在时光和灵魂中间轮回。

五

创造的终点。

模仿从这里开始。

成为你，

世界更大一些。

注：天蓝龙胆，多见于西藏的高原植物，喜光耐寒耐旱。夏秋开花，花色似蓝天。

寂静的寒冷

淡蓝火焰嘶嘶轻响。

空气往小小的温暖里塌陷。

看久了，心里一些东西也跟着去了。

肉身和灵魂也会进去吗?

天空和大地也会吗?

这里太寂寥了。

那堆黑云已经远到天的一侧。

遗下的冰雹一些融化，

一些被风扫到低洼处，

盖住砾石枯草。

与蓝湖面对的山丘，

刚刚刷过粗颗粒的白漆，

一颗巨大的、苍白的心在那里跳动着。

美更加荒凉冷酷。

看不见的信使，带来遗忘的信函，
一些错过的事，走过的城与国，
被撕碎的纸片由黑白变成彩色，
覆盖曾经珍藏的事物。
谁不是记忆的罪人？
在浩渺的空旷里。
畏惧悄然流出眼眶，咸而涩。
寂静，寂静的寒冷。

喝完咖啡，开车，驶过垭口。
阳光刺眼，一片更广阔的戈壁，
天际又浮现一派湛蓝之水。
这羌塘绝地，风景重复，生命轮回。

雪莲花

风有雪的味道，先吹叶子
每一片，每一天
然后对花瓣，晃啊摇

而太阳的尖刺
从黎明到黄昏
不停歇。每一根光芒都会让我流血

扯过雪的床单
我的芬芳是白色的

看多云彩亦是烦了

看多云彩亦是烦了，想必

雪峰与我一样，更愿默然凝视。通天河

造化出一千条银蛇，蜿蜒于辽阔湿地

闪烁着，跳跃着，漂飞

然后汇聚，然后没入一派蓝水

如密集鸟群，倏然间，融入天空，消失

再看雪峰，它换了顶

金光闪闪的帽子，夕阳每射一箭，

它都以耀眼金盾回击。

这高原的战争是和平的。

我若记录，重点该是——

湿地边缘，山坡上的牦牛群？

徘徊于浅水，快要飞向南方的候鸟？

八月的暗影

八月从草原上过去，
要在冷杉林的深处休息。
过去就过去吧——
八月不错，可九月也不错——
那早晨白霜披满的草原，
那岸边结了薄冰的河流，
那一夜间被大雪埋住的湖泊，
全是变化，应接不暇的变化。
仿佛全世界都打定主意——
让隐入林中的八月的暗影，
腐烂在枯黄的杉木针叶里。

波斯菊的午后

她摘给我一束波斯菊：

红的，紫的，白的。我插进茶杯，

让太阳照着，我们一起看。

两条狗也过来，卧于脚下。

几只苍蝇飞来，狗用尾巴抽它们。

窗外，雀儿山下，马尼干戈，

风景辽阔。但这个午后，

屋里的世界幽暗静美，花朵芬芳。

曾经在三个季节

曾经在三个季节，凝视它们——
山峰的雪帽和白色大氅是不变的，
甚至湖的蓝披风也不变。

神到这里也停下了工作，看：
不知名的雕刻家，雕刻时间，
风和天空，昼与夜。
匍匐的草原，依四季的颜色变换衣裳——
枯黄，浅绿，五彩斑斓，或全然素白。
每天，还有虔诚的手忙碌，
堆玛尼石，挂五彩经幡。

不，每次凝视它们，我是变着的，
我眼里的纳木那尼在变，冈仁波齐在变，

我的心在变，灵魂在变：

变成雪花、湖水、空气、羽毛……

或者，刚刚落到地面的黎明的微光。

写于草原的六月

“草原已进入花季。
去年的蹄印灌满了雨水。
摘花的人呢?
让泥浆飞溅的车轮呢?
谁把玛尼石堆推平了?
是风吗？是春天的雪吗？”

“无路，只有方向。
绕过坑洼，涉水浅滩，
雪水是从哪座雪峰下来的?
和野驴并行，并随羚羊奔跑，
路过的帐篷空无一人。
人都去哪了？人都去哪了？”

“天空的骑手，挥舞太阳的鞭子，

云朵逃不出流浪的宿命。

鹰翎下张望大地的是谁？

藏鼠兔把迷宫挖好了。

六月的藏北原野，

睡醒的花儿全在徘徊。”

一段行程

几个措：班公、扎日南木、仁青休布……

遇到几户人家，酥油茶、糌粑，

可爱的女子往炉子里添牛粪饼，

猫儿卧于炉火温暖的地方……

从早晨到傍晚，云彩总是主角——

天空习惯了它们之后更大了——

若低垂雪峰之巅，若变脸为灰调子

若被最初和最后的光芒刺穿

若被风送到命定的地方……

在每一个名字面前

一个接一个的湖泊。
绝望的美妇，她手持镜子，
照一次，扔一个。
跟随在后面的男人，一路命名：
仁青休布措、扎日南木措、
当惹雍措、当穷措、格仁措、
色林措、班戈措……

她的泪水。她的背影啊。
高原的风把一切都吹薄了。
大地的广袤让风景绝美，
孤寂，没有温暖和依靠。

每一片水，装着遥远的天空。

我早已不是那个追随的人。

在每一个名字面前，神啊，

我听见水里的星星歌颂着你。

星空

格桑花在天空闪烁，

像一个又一个疑问。

草原不说出答案，

任凭夜晚空旷，河流蜿蜒。

九月之夜

九月之夜，风雪停歇，

羌塘孤月高悬。

当惹雍湖畔小屋，灯光如星。

遥望的人，默写忧伤的诗：

那有小小的温暖，

也有饥饿的爱情。

湖心岛

卵石堆积岸边，吐灰白泡沫
湖中岛，孤单王
我不是陪他的兄弟
那只远成灰蝇的鹰也不是

是哪座雪峰放逐弃儿
荒凉大野还不够
要以咸水四围

寂寞被晨光打开
孤独被暮色合上
年复一年，不诉苦
也拒绝认领命运
让太阳晒成秃顶

永远一件褴褛的黑岩石衣衫

只给飞鸟落脚

——我跑了八千里路看到的

就是这样……像落水的人看见帆影

那边，犁开没有波纹的湖面

岛，缓缓向我游来

一片干净的牧草摇曳着

湖面结冰，边久努布和羊群上了岛。
他唱歌，把会唱的歌很快唱完了。
他跟羊说话，把想说的话也说完了。
早晨，有几只狐狸路过，留下足迹，
他无动于衷，让猎枪静静躺在被褥旁边。
傍晚，秃鹫在天空盘旋，他无动于衷。

酒杯里浮着没有星光的静夜。
他听冰在寒冷中裂开的声音，
羊们挤成一堆取暖的声音。
要下雪了，快下雪了。他的心里，
大雪覆盖草原，羊们刨开厚雪，
牧草让温暖的舌头卷入口腔。
他觉得自己也被卷进去了……

一片干净的牧草摇曳着。

神灵一个接一个地路过，

却没有一个停下：这里被救赎了，

有一种丰饶的寂静，

而岛的外围，还驻扎着无边无际的孤单。

西藏之云

一

写在天空的书。

走在大地的脚印。

二

它的春天的爪子，

轻轻踩过山峦和草原；

风总是催促它

走得快一些。

三

云的暗影每移一寸，

枯草

都颤栗一下。

四

云有五种居所：

天空，

山顶，

树梢，

水面，

眼睛。

五

灰的，

紫的，

橘黄的。

被太阳晒透了，

云朵只剩下白色。

六

看久了，心也像云朵，

在蓝天上

被阳光放牧着。

七

当我仰望时，

你踩过的脸庞

被称为高原红。

甘孜城

——歌谣云：甘孜城啊甘孜城，
甘孜城坐落在霍尔遗址上。

八月对成熟的专注，

让九月有更多骄傲的理由。

这座城悄悄对雅砻江说。

它实际是自得于两岸丰饶田野，

青稞和豌豆地，

树木合围的庭院，

窗台前盛开的花朵。

而我更喜爱从高处看。

若你自色达来，驻车于下雄，

但见曲线优美的草原，

仿佛铺到了白色沙鲁里雪峰，

祥云升腾缭绕；

虽然看不见甘孜城，却有如此感觉：

居住在那里的人必然幸福！

喇荣

三十五年前，发下心愿的人

打开大地的经典，给众鸟读，

给宇宙听。幽谷回响，大地满了。

草木枯荣，真理被埋得更深。

灵魂安宁下来的，

脚步却停不下来。

紫红的衣裳严肃而悲伤，

走出低矮的红房子，谈论着，结队

仰望天空。繁星点点，

大地上，灯火明灭。

注：喇荣，位于四川甘孜州色达县。1980年在喇荣山谷创建的五明佛学院，现已成为一座壮观的山城，数千间绛红色的藏式平房连绵几公里，簇拥着寺庙。

亚青

亚青，一个嗡嗡响的流蜜的蜂巢。

亚青，无数破茧飞翔的蝶。

亚青，在另一世界会被称之为摇曳的莲花。

亚青，马蹄踏过，满地都是疼痛的草原。

亚青，河流看着轮回的四个季节。

亚青，眼前全是受降的人。

亚青，遗世者的心。

亚青，只活在高原上。

注：亚青，位于四川省白玉县昌台区阿察乡境内，建于1985年的亚青寺，不同于五明佛学院依山建成，这里大部分修行者的房屋沿河而建。清澈的昌曲河包围了整个寺庙的建筑群，形成了一个心形。

马尼干戈笔记

一

俊朗的男人和女人，装饰以各种宝石，
目光热烈、神情清澈，取悦生活，享受
九月的街道，店铺，购物，交谈，吆喝。
绣花的阔袖随时成为翩翩起舞的翅膀。
镇子周围，是他们的寺院
他们的牛，他们的马，他们踩出的道路。

二

我住的民居，是低我二十级的学妹家，
她六月成亲的新房。

巴姆，满院向日葵、格桑花，
彩绘的连廊，客厅阳光灿烂，

你的笑容明亮。

巴姆，你母亲了不起！
三个女儿，三个大学生。
你也有身孕啦。

钢筋水泥多了，
马尼干戈的草长不出来。
巴姆，你的话我记在心里了。

马尼干戈之秋

——给石舒清

一

从雀儿山垭口滑翔

向马尼干戈草原。

掠过新路海，一直到

马尼干戈镇，腋窝仍有振翅的回响。

寺院当然在高处。人住在镇子上。

那些康巴汉子摇晃着，一个人就走窄一条街。

鹰鹫也如此，影子也独占数朵云，

任凭草原涌动如浪，爬向远峰。

光，直视如墨。我躲进檐下，

有那么一瞬，我是瞎的。

二

秋日花朵盛开。秋日的

格桑花、向日葵、万寿菊……

秋日的草原和庭院，太阳斜倾

客厅，一半无声地燃烧，

一半，在黑暗里不敢出来。

闪亮而潮湿的发丝。最美的女孩

正让舅妈梳头。太阳的身子使劲够着

吮吸青春的芬芳。

秋日花朵盛开。

在巴姆家。

三

马尼干戈草原上，

居住着一群群石头。

这草丛中的异类，

是已经含混了的朝代，被风吟唱的名字。

被虔诚者垒成玛尼石堆，

它们成了人在红尘的证物。

前世，它们是开败了的花，

在凋零的瞬间石化。

四

这块灰白石头上，是三条黑瘦的溪水，

还一个汉字：川？

它在我的掌心哗哗流着。

带它回家，静夜里，我用以砸自己。

像砸杏核，砸出苦涩的仁，

砸出清亮的油。

在人世流着。

注：马尼干戈，位于四川省甘孜藏族自治州德格县境东南部，古代茶马古道的重镇。至德格、石渠县及格萨尔故里阿须草原从这里分路。

在雀儿山垭口

经过了无人迹的草原，冷峻的雪山；

经过帐篷与畜群；

经过在寺院周围狭小木棚里修行的人……

在鸟瞰四野的垭口，下车，拍照，看

雾升腾，阳光钻出云隙——

“爬上雀儿山，鞭子打着天。”

他们骄傲：转山，磕长头，活佛的摸顶……

在花的原野，闭目冥思，神在耳畔低语呢喃……

他们相信：若自己是一块顽石，

现在也有了翅膀和灵性。

在垭口，他们看着自己在空中飞了一阵，

才返回车里，闭上眼睛。

梦醒来，总把一些重要的忘记，

把一些不重要的也忘记。

玉隆拉措

一片静谧之水。

知道自己从何处来，

不想知道往何处去。

遗世独立。不理会

高处太阳斜乜。无视雀儿山

冰川之白，岩脊之灰。

日复一日，吹波纹，揉倒影。

雨来，静静地胖；旱时，静静地瘦。

自给自足，每一滴水安静地修行。

无论清澈与混浊，天空和大地都在里头。

色须寺片刻

广场因寺院巍峨而显小。

一片静立的紫红。那小喇嘛回望，

朝阳在那机灵明亮的眼中一闪，又黯然于

他的后脑勺。静穆之海里

一只海豚制造浪花。左前方，

老殿楼廊上，一位盛装喇嘛高呼，

众喇嘛朗声呼应，松涛回响。

小喇嘛，不止一个，突然从紫红里钻出，

蹦蹦跳跳，随众人进殿。

接着长号等诸多乐声响起，

仪仗队缓缓行进，华盖下，

活佛庄严，被恭引至新殿宝座。

小喇嘛坐了两排，在嗡嗡的诵经声里，

童声是清晨的鸟啼。

早饭来了，糌粑，酥油茶。

铁棒喇嘛执法器巡睃，庄重严肃。

食毕，诵经声又起。

仿佛这最简单的餐饮，

是极乐园里的招待，

强按下惊喜，才得以吃喝。

扎溪卡草原

一片水，住着太阳部落，
勇士迎着光的箭镞驰骋草原。
星星与月亮落在白蘑菇帐篷旁边，
日日夜夜，格萨尔英灵徘徊。

一片水，被一百种植物围着，
被牦牛，马，鸟类惦记。
风吹动它，把云送到对岸，
仿佛，每一个倒影都有未来。

一片水，取悦高原诸神。
当野花不是信使，谁在垭口呼喊——
在这里，我终将去大海，
在别处，我终将成轻烟。

注：扎溪卡，石渠县的藏语别称，意为“雅砻江边”，位于四川省西北端的川、青、藏三省区交界处，地处巴颜喀拉山南麓。

石渠，曾经的太阳部落

那些披戴着太阳光芒的勇士
那些在没有疆界的草原上驰骋的男人
高呼格萨尔伟大名号
手起刀落，残阳如血

那些被风雪一次又一次掩埋的历史
那些让道路一次又一次阻断的洪流
长号颂扬无边佛法
玛尼经石，垒为城堡

那些住在帐篷里死而复生的人们
那些守着天空吠叫云彩的獒犬
牦牛和羊活在现世
雅砻之水，漫过草原

高原速写三帧

顺从的人

我顺从，如水，顺从河曲，

如草，顺从原野。在帐篷前，

我顺从天空下的远方。

羊和牦牛，我也顺从它们，

看着它们吃草，喝水。

也顺从亲人们的死。让鹫带去的灵魂，

呼唤不回来，我再也无法

和他们骑马而行了。

吃草的人

草是我的食物。藏波罗花，
红花无心菜，蒿草和针茅草，
在四季的缝隙里长大，
我收割它们。

草原放心我这样的人，
让地里的东西全长出来，
让靠水的地方成为水草茂密的沼泽。

修行的人

我想不起来忘记自己是什么时候。
洞穴里我只感到岩石。
光明与黑暗，和肉体没有接触之后，
它们便消失了。

四周岩石在不停地增大，

我自己则更轻，

少的那些，都成为岩石了。

心里的经卷也愈来愈薄——

每默念一句，就开出一朵花，

风取走芬芳。

玉树草原

雨滴找到了下坠的路，它们列队
跃下乌云的断层，和灰色的、刚刚黯淡的阳光
有些懒散地，向大地坠落
它们不加选择，落向草丛、溪水
岩石和生灵的眼睫

各种绿描画的连山平静，这不过是一场雨
中间有一条小溪的草地平静，每一片叶子
都承接雨水并让花朵把身子抬得更高
人群平静，他们收拾坐毡、食物
钻进汽车，跳上摩托，带上被淋湿的快乐
回家，回家，回家

剩下在帐篷里躲雨的女子，一边张望着

雨幕下的纷乱，徐缓，有如慢镜头

一边收拢在脸上绽放了太久的笑容

心中的舞蹈还没有停下来

歌儿还在唇边轻轻吟唱

结古镇，2016 年秋

向一片废墟之上重建的废墟，静默。

向骤雨刚洗过的苍白的新城，静默。

向震灾中所有的亡灵，静默。

向那些从此成为这城之浮萍的灵魂，静默。

向刺破乌云照亮草原的阳光，静默。

向结古寺上空飞翔的鸟群，静默。

向寄宿学校已经关紧的大门，静默。

向城边新寨玛尼堆旁转经的人，静默。

注：结古镇为青海玉树藏族自治州政府所在地。笔者第一次和家人去玉树，是2014年4月14日玉树大地震次年。

远眺白色长湖

悬于高原，夕阳中波光翻滚。

那脉脉一线，若倾斜，

可倒出，一个世界。

双手，捧接，喝，洗风尘之脸。

群峰侍立，那平静的王后，

于巨镜后梳妆。

夕阳派些乌云抹黑她，射出

金箭试探她肌肤的弹性。

这游戏够粗野了。在高原，却是适宜的，

出自他们的本性。

看吧，她分娩了：

星星出来，一颗，一颗，又一颗……

这多产的母亲！

那白色产房，闪烁着余晖，

仿佛，世上缺失之物，

均可于此诞生。

注：扎陵湖位于青海玛多县境内，是黄河源头两个最大的高原淡水湖泊之一，面积526平方公里，黄河主流线将湖面分成两半，一半清澈碧绿，一半微微发白，因此得名“白色长湖”。

风把灵魂吹透了

这个垭口，我经过之后，星星也经过，
它们将去西夏巴马峰巅摘采蓝色的光芒。
我也能抵达吧？在那里，我是一只羊，
在鹫的尖鸣中，颤栗于祭坛。
刀子落下了。只是疼痛被冻僵了，
只是我纷飞如雪的肉体证明不了善恶，
只是救赎已被终结。那个时代结束了——
寂寥的草原，扎达土林，普兰河谷，
我无法确定在什么地方结束了。
没有尽头的雪峰之上，一个巨大的月亮升起，
湖水在岸边吟唱，一只孤狼经过，一群野驴经过。
风把灵魂吹透了。

从丙中洛到拉萨

一

道路总在那。

雨来了，

人来了，

天空看见了。

二

秋天被阳光泼在玉米叶子上，

树们静静看着，

仙人掌却想用手挡住

这纯金的洪流

三

当我要盛开时，

我便盛开了。

我没有在意

在什么地方。

四

和你对视的人是盲的。

顺从的目光

丰饶和平。

五

牛说：我咀嚼着绿色，

身体却言不由衷——

白一块黑一块。

六

马的门，

背向人类村落。

七

上午徘徊在山野，

沿着牛和马的道路，

我没有苍老。

八

我已经忘怀

昔日的容颜和芬芳。

九

风吹过来

我和从前一样

静静摇曳。

丙中洛

秋天在这里迎候上帝——

它不会选别的地方。

它把阳光用云彩盛着，

从高原搬下来，

它让玉米林端立于田野，

花朵引来蜜蜂，酿最甜的蜜，

它让风摘下核桃，

石榴是不必说的，

柑橘是不必说的，

仙人掌的果实也是贡品。

怒江，桥梁，道路，庭院，

都干干净净，在这个季节的人们，

也干干净净。他们是一伙秋天，

衣着朴素，神情谦卑，

聚集一堂，看自己的脸——

照亮上帝的镜子。

黄昏

村口的狗儿比人多，
它们摇晃着尾巴接纳了我。
注视并向我微笑的人
站在小商店窗台后面。
寺庙前面的经幡被风吹白了，
转经筒安静得如同没有打开的书。
一辆红色卡车停在路边，
一条青色的河流湍急清澈。
青稞垛蹲在田野，
任乌鸦散漫地落下，啄食。
我站在篱墙边，张望，
想象房子里的人。

目若九月

一滴雨，在半空被太阳照亮了
那是我啊！从垭口
疾疾落下，落到目若河谷
停在青草的尖上
没有风，心也摇曳不停

村口安静的转经筒，等待脚步
桥上寂寞的经幡，寻找风
台地上，午后的阳光
慵懒地踩踏熟透了的青稞

乌鸦追逐着黑狗
一群牦牛后面，跟着沉默的男人
木篱墙院落

梳头发的少女轻唤母亲

这炊烟袅袅的村子

这斜挂着彩虹的村子

这河水洗濯着宝石的村子

我一个人也不认识的村子

我在梦中来过的村子

注：目若村位于西藏察隅县，海拔3800多米，是号称难度最大的进藏线路“丙察察线”的必经之地，一般都会在这里休息，补充给养。

雨中白太阳

浅灰，灰白，间或一点点蓝，
天空变成了这个样子。
太阳苍白无助，
但我不能有任何表示。
狗们追逐着猪，牛铃铛响不停，
扎西冈的雨一滴滴落下，
草色如人的皮肤，
可大地并非这个颜色，
但我不能有任何表示。
这块地湿了，那块天还有亮光，
云挖掉山的某一部分，
白太阳病着，雨滴是谁的泪水？
离黄昏还早，乌鸦聒噪，
摇晃夜晚的树梢，风里飘满黄叶子，

天空可不是这个样子，

我却不能有任何表示。

墨脱

莲花之地，所代表的意义

超过了名字本身。

于是被抵达之后的现实质疑——

小城像断电的冰箱，

太多味道发酵混杂，

类似生肉或混凝土的冷腥，

被淅淅沥沥的小雨浇着——

这景象其他小城演过一百次了。

或许不是莲花盛开的时候，

或许莲花已经挪到山的那边。

当车子城里城外转了几圈，

只见满街叫卖的皂石锅，

一堆一堆，朝向天空，等待

谁往里头倾倒故事之汤。

注：墨脱，位于西藏东南部，雅鲁藏布大峡谷主体段都在该县境内。属喜马拉雅山东侧的亚热带湿润气候区，并分布有热带雨林，是西藏最温和，雨量最充沛，生态保存最完好的地方，也是西藏宗教信徒朝圣的“莲花宝地”，又名“白马岗”。

在林芝鲁朗镇

丰饶的田野，

青稞和花朵，

都被我遗忘了。

我的世界，全是你的味道。

我用尽力气在你的脸颊吮吸，

我的灵魂，

还是空荡荡的，

仿佛随时会飞起来。

桑耶寺河谷

一

浅水里，杨树集合成秋天的队形
——这盛装的队伍
迷惑于自己的倒影
不知道往哪个方向出发

二

被阳光暖暖的泡着
被清水静静的泡着
——一群住在秋天的智者
干净金黄，洞察死生

三

哪一片叶子沉入水底

哪一片叶子飞向天际

哪一片叶子停下来

落在桑耶寺金色的屋脊

四

树啊，为留在河谷

你把翅膀全给风带走了

注：桑耶寺位于西藏扎囊县境内，是藏传佛教史上第一座“佛、法、僧”俱全的寺院，被称为“建筑史上的佳作”。779年寺庙建成。

拉姆拉措

最后一抹霞光中
看见你
依稀如星辰
如激动之婆娑泪眼
彩色迷离

哦，迟到者，已经看不见
前世，也注定看不见来生
注视，注视着你
轻轻弹响的生命之弦
是虚空，是宽恕，也是和平

山岩冰冷
风吹起十月的皱纹

新月剪裁过路的云朵

铺满四周峰巅。灵魂

在你上面飞翔了又飞翔

注：拉姆拉措，位于西藏山南地区加查县境内。站在海拔5100米的雪岭上俯瞰，拉姆拉措犹如一面头盖骨形的镜子，镶嵌在群峰之怀。藏传佛教传统中，每当寻访转世灵童之前，都要到此观湖卜相，以受神示。据说朝拜此湖的人或会从湖水中看出自己的前生和来世。

那年，我从拉姆拉措下来时，接到李唯兄电话，告知张贤亮先生病逝消息。

牛奶海

白石头的泪，

在神山的掌心，

变成颤巍巍的蓝宝石。

风一吹就皱。

云彩踩上去，

也跟着变颜色。

雨崩冰湖

一池脏冰，被乱石围着。

峭壁之上，几股雪水的细线，紧抱褐石；

退缩的冰川如丢弃的蜡染土布，

在无声的寂静里一动不动。

这是我的错吗？

第二次来这里，我有认不出亲人的痛苦！

十年前，一池碧水，

天空轻轻摇，雪峰颤巍巍，

卡瓦博格旗云飘。

攥紧一块石头，是砸向自己，

还是掷向天空？

注：梅里雪山位于云南省德钦县西，主峰卡瓦博格海拔6740

米。梅里雪山和西藏的冈仁波齐、青海的阿尼玛卿山、青海的尕朵觉沃并称为藏传佛教四大神山。雨崩冰湖处在卡瓦博格雪峰半腰冰川的下面。

梅里雪山短歌

一

黎明半掀窗帘，

但见一列十三峰

肌肤洁净，蓝色皱纹闪亮……

众目睽睽，神不遮掩。

二

安宁，凛然，不会苍老的脸。

有的看见了，有的没有，

就如上帝。

三

太阳先往山巅投掷火焰，

又扔金斧头——

幸好，乌云跑来挡住了。

四

天色大亮，

冰川的舌头，

还没够着澜沧江。

五

曾经，一队想接近你的人，

走进白雪的光晕里——

他们的灵魂被留下，

肉体由冰川运回。

注：梅里雪山位于云南省德钦县西，主峰卡瓦博格海拔高达6740米。梅里雪山和西藏的冈仁波齐、青海的阿尼玛卿山、青海的尕朵觉沃并称为藏传佛教四大神山。明永冰川发源于主峰卡瓦格博峰东坡，长11.7千米。1991年，中日联合学术登山队17名队员在海拔5000多米处因雪崩全部遇难。部分遗体数年后在主峰一侧的冰川发现。

来自上帝的一条消息

R.S.托马斯写：
“来自上帝的一条消息
由窗前的一只鸟
传达，传递友谊。”
今天黎明，无数只
鸟，给我传达了太多的好消息。
太多了，反而让我不安——

太阳还没有从默尔多神山升起，
云朵正列队彩排；
春天的标语写满这半坡上的寨子：
麦苗的绿，核桃树的绿，松树的绿，
梨花的白，杏花的粉，桃花的红……
劳动的人已经在干活了。

风吹拂经幡，水流进田里，

狗朝陌生人吠叫，看不见的虫子

正在泥土深处思考黑暗。

风吹来梨树最后的花瓣

风吹来梨树最后的花瓣，
刚刚落在路上，雨
就来了。
但远山那边是明亮的，
头顶的灰云，比我们走得快，
喜鹊飞到杨树上，
又飞到柳树上，
蜗牛后面的人，慢慢腾腾，
在麦田间种玉米……

雨丝细密，笼罩四野，
被雨打湿的时间格外安静，
仿佛往后的日子再不会变化了。
突然之间，万物闪烁，光芒点点，

那屋顶上的积水，覆在田上的薄膜，

树叶和花朵，都长出了小太阳！

……这座和平的寨子，

在默尔多山的注视下，

时时呈现神迹。

一树怒放的春天

一树怒放的春天!
大枝小枝，齐齐绽开，
花蕊刚被风拂过，马上引来
蜜蜂，嗡嗡地传教。

这怒放的春天——芬芳的彩色，
粉色，近乎于白的粉，
白色，有如婴儿小脸的白，
完美的花萼托举骄傲的结晶。

这一树春天，纷纷扬扬的春天，
暗香四溢，活泼灵动，
从一朵花苞开始，到一颗果实结束，
比人类幸运而无须证明。

人和神向往的地方

***

曾在四月到访：白的粉的花朵，

细腰的蜜蜂，土壤潮湿油亮，

牛们不情愿被套上牛轭。

空气中，泥土里热流涌动，

到处都是，都是春天。

现在是秋天。

***

奔流不息的水划开尘世的界限。

小金川河，一座桥通向一个国度——

上升的、蜿蜒的道路指引着

中路：人和神向往的地方。

所有世事，跨过喧闹不已的水，

才能被墨尔多神山注视。

***

于是一只熟透的梨落到我肩上。

我怎么会惊讶——

这么多克格依雪梨，

聚集在深秋的树上。

***

每一条道路通向家园，

通向梨树、苹果树、核桃树和花椒树。

***

一些乌鸦，一些喜鹊，

沿着水渠，在菜地里集结。

大白菜，包心菜，萝卜，

大地现在还有你们。

我看见了。

……大地还有你们。

***

萨拉科，开满黄花的红教寺院

与民居为邻。这安宁的家，

矗立悬崖边，

听小金川河水声——

无视寺院的冷清，

只顾看着云彩

朝朝暮暮，忙于擦拭

墨尔多山顶的海螺。

***

战国时期的石棺墓葬群，

距离新石器时代的遗址有多远？

东女国，谜样的王朝，骄傲的女王，

和这个秋天有多近？

痴情者想象你被俊男侍奉，

温泉的春意，花瓣的芬芳，

雪肌揉碎四月的梨花；

谁会凭吊你的国，一闪而过的光芒，

你吃过的雪梨，种子在谁家屋后发芽？

***

随暮色住下的不止我们，

归巢的喜鹊，早在枝头等候星空。

风从日巴龙山顶吹过，

星星的叶子窸窣作响。

***

一些果实的身体已经被飞禽打开，

流着蜜，等待风为种子接生。

***

黄皮肤的女子，

长满雀斑，

朝太阳笑，

知道自己一口灿烂糯米牙。

圆脸圆身材，

个个水灵灵。

这些盼嫁的女子，

以胖为美。

***

门半掩，那个绣花的女人，

被夕阳照亮的丝线，

那在阴影里卧于膝下的狗，

那堆还没有来得及串起来的红辣椒。

离放学还早，房屋盛满宁静，

她从容地把这些安静绣成花朵；

顺着那枚针，手指轻抚光滑丝线，

仿佛是一条道路。

***

帅气的尔希泽仁，这是你的家；

贤惠的雍赛，这是你的家！

晾晒在阳台的苞谷和红辣椒，

后院哞哞叫的牦牛，这里是你的家！

锅庄和弦子，这是你的家；

飞旋的裙子，飘舞的头帕，

唱不完的藏歌，这是你的家；

远方来的人，这也是你的家！

***

但见小金川河从四姑娘山过来；

但见默尔多山招呼早出晚归的云彩；

但见家家炊烟袅袅，牛羊归栏，百鸟返巢。

人心里有的，这个村寨都有了。

***

墨尔多神山下，谁这样请求：

“春季的庄稼女神啊，

请赐给我们土水风火吧，

我这藏红花呀，

正要扎下根啦。”

注："中路"，藏语意为"人神向往的好地方"，位于四川省丹巴县东北部，背倚日巴龙山和莫日山，面朝墨尔多神山，有新石器时代文化遗址，现存古碉81座。据称，历史上神秘消亡的东女国故都遗址就在这里。

郎木寺

溪流穿镇而过
别说它没名字——
白龙江，这里是源头
两个郎木寺，一座落甘肃
一座落四川，虔诚的人
在两座寺院间徘徊

如城堡耸立的山
犬牙交错的峰
松林下面，金顶闪闪
煨桑的手，转经的手
流着泪的眼睛
踯躅的脚步和背影
雨后清晨，鸡鸣狗吠

雾气蒙蒙。生活和信仰

从不管天阴天晴

扎尕那晨曲

各种啼鸣声，酣睡过后心满意足的叫声

八月末，村庄完全成熟了

秋雨不断地提醒大豆田

腐烂仍无法避免

黎明也是赖床的

厚重的灰被子盖住环山

有一角搭在寺院上方

真是一点风声都不会传出去

清晨安谧，美也含糊不清

在没有人走动之前，村子

躺在山的手心，只听溪流敲打石头

不想打理灰被子，也不理会

挂在更高处的万里晴空

慵懒无聊，心安理得

当高原安静下来

先遇到河流，然后是咸水湖，

超过很多牦牛、藏羚羊、野驴。

傍晚，星星赶上我们。

当高原安静下来，连绵的雪峰

在起伏的夜色里默然航行。

天空摇晃，眩晕的星辰逃逸了，

留在垭口的人下不了船：

岸在哪里？绳索在哪里？

刻了六字真言的玛尼石，

能成为雪山的锚？谁的梯子？

风送过来的一切都是空旷的。

双手汗津津，担心

可能被抓住的东西滑落。

高原窄门

进入高原窄门
我伸出手，感觉
香柏在什么地方燃烧
活佛在什么地方诵经
烛光在什么地方晃动

黑暗里摸不到时间的指针
而脚，仿佛一点一点
被无声的火焰融成水
马上，心也会，思想也会
成为默默融解的一部分

冲出来啊，像铁，犁开大地
像黑色闪电炸裂天空

羌塘夜话

"生活贫困如此——没卫生间
没蔬菜没自来水
风景再美，意义何在？"
同行者希望这里是一座现代城市

卓玛家给我们提供的
仅一张床一壶热水，和笑容
语言不通，在他们的注视下
喝水，啃从新疆叶城带的馕
接着大家沉默着，听骤雨
打在屋顶的声音
我们朝他们笑，他们继续
盯着看，仿佛看外星生物

睡眠深沉像沉入星辰的背面
黎明时分被他们吵醒
轮到我们看：父亲柔声哄劝
撒娇的小女儿起床干活
母亲和大女儿娴熟地将
羊们头对头拴成一串挤奶
当惹雍措平滑如镜映照群山
太阳升起天空灿烂

住石砌的屋子，他们是贫困的
养几十头牛羊，他们是贫困的
偌大的荒原住着他们一家
他们是贫困的
生长于斯，他们年复一年
证明什么是贫困

嘎玛泽登说

爱喝酥油茶，爱吃糌粑和生肉，
爱藏传佛教，爱唱歌跳舞，
我们是藏族人嘛，身上当然有酥油味道。

初中我们就被送到南方的大城市上学。
有同学想家，把眼睛哭坏；
我差点被热死。学校小得像笼子，
还没有跑开就到头了。
我喜欢看漂亮的女同学，看啊看，
没有交上一个朋友，
身上的味道却让自来水给洗没了，
回到村里，狗把我当陌生人。
也许那真不是我——
只是一件很多钉子的皮夹克，

吸烟喝酒，在街上晃来晃去。

我们一群同学，现在大都回来了。

我们就是藏族人嘛，

离开了寺院和牛羊，还能算个藏人吗？

那天在藏餐馆里，有个游客喝醉了胡扯：

你们藏人一生只洗两次澡！

我对他说：因为你是高原的客人，

我就不揍你了。

朵多

他挑出一块石头。已经挑过几遍，
但还要再选。目光扫着这些熟面孔，
像遴选冷面的爱人。
榔头打在錾子上，錾子凿进石头里，
像心跳，像歌声，流畅而欢愉。
阳光下石屑纷扬，空气颤抖。
“唵嘛呢叭咪吽”，刻好的字母
一涂颜色，就会长出翅膀，
飞起来，落到松格玛尼经石城上。

他以此为生。那些唱着歌的人走远了。

注：藏人称石刻艺人为“朵多”。

这些战士

——给徐晓平

越过石砾，

蒿草、针茅、驼绒藜编织绿地毯，

它们过滤风，留下沙土，

容忍高原鼠兔布下的迷宫。

这些战士，

只在雪峰与湖水跟前退让。

总和时间搏斗，

年年死而复生。

在当惹雍

在走廊上看，当惹雍，
打窗户望出去，当惹雍，
天空也是当惹雍的蓝——
仿佛上帝之眼，盯着所有事物。

灵魂带来了躯体，横陈于此：
它和文布南人的结构一致，
却不能骑马，不会放牧。
它的额头上没有道路上磕出的老茧。

伫立在当惹雍镜子前面，沉默。
上帝啊，这个世界是怎么了？
与人擦肩而过从不会微笑，
不知道那个人可能就是天使。

原谅那么久，心坚硬地数着死亡的脚步，

不知道所渴望的自由已经到了门口。

高原反应

缺氧的刃在血里肆意横行，
无助的肺，干旱的呼吸道。
一条睡袋不能把寒冷如铁的疼痛隔开。

银河从窗外流过。
一队队落井下石的星辰，
古老的掷石器瞄准后脑勺
砸来一块又一块星星。
神啊，你的马队何时到达？

高原颤抖个不停。
黎明刚过，
太阳的骑手出发。

逃出的真理都被冻僵

从平原到高原，从谷底到垭口，
被风吹过来的人，
带了一百卷典籍。

黑牦牛蝼蚁般蠕动，
鹰追着影子。
典籍刚晾晒在荒原，
冰雹便不请自来。
密密麻麻的白图钉，
要把大地和天空缝上。

他无处可逃，
龟缩成一块白石头。
逃出的真理，都已经冻僵。

“我们都见过了”

人们从四面八方涌来，
带着肉身经过的废墟，
心灵涌动的欲望。
模仿不了磕长头的人，
也不会在色达或某一条
山谷寺院旁边筑屋修行。
但可以自豪不是偷窥者，
没在某处景点刻字留念，
没留下垃圾，给儿童派发了
不少糖果、铅笔、橡皮擦。
甚至留下钱，给寺庙
看上去可怜的人，
说：“我们都见过了。”
——也许你们都见过了。

花朵说

花朵说："我们是八月的母亲。
我们种植着草原。"
雪峰的背面，冬天正在聚集。
我眺望着。圆月照彻河流。

"谁的羽毛？谁的脚步？
谁踩出新的岔路？
谁在歌唱，振翅而飞？"
花朵轻轻说。我知道，

半月朦胧，世界含混。
但暗处的芬芳明丽清新。
"这美好不属于花朵，
只属于上帝！"上帝不会同意。

“它让花瓣凋落，你站在旁边；
它使花蕊张开，你没有出现。”
九月的唇冰凉。
黑暗被弦月托举。

我沉默。种子已被北风吹落，
何时被大雪掩埋？

到处都是伤口

一湾秋天。核桃坠落，
没有风摇晃也坠落；
苹果腐烂，焦糖色的皮里，
有一包蓝色的火苗；
长满雀斑的雪梨，一树灰姑娘，
躲进泛黄的枝叶中间啜泣，
哀痛倒在树下的姐妹……

乌鸦和喜鹊，飞到屋顶，
飞到天空，忙于报告
秋天的新闻——
这个季节，到处都在成熟，
到处都是伤口：
果实的、大地的、天空的……

手持镰刀的人走在路上。

牛们无所事事，摇晃着铃铛，

在树阴下反刍岁月，排泄历史。

秋天的酒神

秋天的路上，酒神颤巍巍——
大地上，能酿造的，都被酿造了，
他寻思着空气，香醇的空气
可酿出什么牌子的酒，
浅饮慢酌，陶醉秋天。
青春与沧桑，皆可放纵于枝头的糜烂，
迟开的花，迟到的蜂，总有偶遇，重逢。
高原外面的世事怎么样了？
这不是酒神想的。他悲悯地瞅着——
那无法入眠的人，在雪山下
醉着，醒着，爱着，疼着。

拉萨见闻

一

人力车横穿车流。这是圣城
他相信没有伤害他的事物
北京路，布达拉宫，八廓街
一路指点江山。他离开老家，拥有
这城九年。从当建筑小工开始
累，挣不了钱，前年转行
走遍大街小巷，接送三教九流
他的女儿在南方上大学
“我给她钱：去吧，去尼泊尔长长见识！”
为什么是尼泊尔？他却转脸喊道
“拉萨一中在那边，那边！”
怕那人走错，他目送问路的车夫远去
我到了。他接过钱

他有一口健康的牙齿

二

辩经的年轻喇嘛

以庄严的舞蹈动作演习真理

双臂伸展如翅

健壮的脚跺地

光影斑驳，伴陪清脆的击掌

力量流过经脉和血液

目光清澈，有儿童的满足与沮丧

汗珠也清澈，灵魂沉淀了纯粹的咸味

青春的喧哗，跌入时间的深沉光潭

一些看不见的门窗打开了

进去的人还没出来

还有更多的人等候着

三

鸽子和麻雀享有晒太阳的特权

在大昭寺屋顶和门口的树上

而流浪狗迷失在摩肩接踵的转经人群

温顺而无助，找不到收留者

磕等身长头的人，被路挤扁了鼻子

额头上的老茧磨成黑色，目光炯炯

扫过塞钱给他的人，落在看不见的远方

从早到晚，这些人不知疲倦

肃穆严谨，把一天分为

煨桑时候、转经时候、磕长头时候

那些飞禽，倒是随意笑纳

信仰的给予，随心所欲

似乎和佛共处久了，也掌握禅机

一个藏北男人

没有她，茶和酒都会没有滋味。

但他只是默默地对自己说。

他坐在火炉前他的位置，

他添加牛粪饼，听火焰在炉膛里嘶叫。

若她过来给暖瓶加水，她的味道

会像酥油凝固在他的鼻尖。

他安静地呼吸着她的空气。

她的举止就像情书的笔画。他悄声说。

他是一封天天都被看见却不被理会的情书。

年轻的人带着冬天进来，

她的笑声里，那些家伙春意盎然……

他凝视着她。在这间饭馆里，

他日复一日吞食着孤单，

村里的孤单被他吃完了，

他也不能成为被这个女人留下的人。

在街角，他吸烟，等待

那些酒鬼骑摩托车回家，

等待她把门关好，灯熄灭。

世界一片黑暗，

他装满了黑暗回到床上，

明天像一个人，

在枕头旁边，打呼噜。

老藏歌

“唱呀唱，从山上唱到水边，
唱得水都不流了。”
藏歌的大意是歌颂爱情的欢乐，
可歌者声音压抑，歌喉颤抖，
仿佛怕这些快乐，会流走，
会因为唱出来而消失。

“唱呀唱……”珠宰老人跟着哼，
他不会弄录音机，要听这首歌，
听半天不相关的，才等得到。
这位会唱老藏歌的歌手他曾经见过，
已经在十几年前长眠。
其实在扎尕那，逝去的不仅仅是一些人。

唱呀唱。晨雾已经散开，

一个被称为世外桃源的村子，

被八月末的太阳照耀，风景如画，

没有新意。眼睛不好的老珠宰，

边听歌边用望远镜打量下面的二队，

再细细观察游客更多的一队。

喜马拉雅以北

一片汪洋的特底斯古海上，
住着年轻的地球屋脊。
高原未老，
人类也没长大。

——题记

一

辽阔的生命，

坐在高原上。

“因为你曾帮助我，

我就在你翅膀的荫下欢呼。”

注：“因为你曾帮助我，我就在你翅膀的荫下欢呼。”见于《旧约·诗篇》63：7。

二

豌豆成熟，

牧人唱着歌拔呀拔，

仿佛双手在收获爱情。

三

风一直流浪，

花香也一样。

四

金色的青稞秸秆，

还在地里张望，

等待农人

还回它们的头颅。

五

雨滴比草叶多，

到处晶莹剔透。

六

乌云裂开处，

最好数阳光——

草原上

许多金柱子。

七

额头触向道路的时候，

影子完全交给大地了。

八

水读玛尼石，唱——

哗啦啦，哗啦啦……

我读玛尼石，

只认得六字真言。

九

梦中我走进玉树地震废墟，

像一截从炉膛蹦出的干柴，

我呼喊着，声音越大，火焰愈烈。

仿佛这地震，这废墟

是我造成的，并

因我的呼号加剧。

十

诵经的喇嘛睡着了。

桌上的海螺，

响起大海

荒芜已久的声音。

十一

过了挖虫草的季节，

草原忘了疼，迎接欢快的马蹄。

弦子。锅庄。

这里装不下别的。

十二

高冈上，

那个挂经幡的人，

给蓝天喂青稞，

点燃的香柏白烟袅袅。

十三

我的日子每天都一样，

就像雪山和草原。

我的贫瘠与孤独也一样。

十四

天空之城，墙皮剥落，

无名湖面，城廓俨然。

十五

世上道路崎岖，

唯有这条路

被男人和女人的前额与膝盖磨平。

十六

转经筒刚被枯皱如柴的手拨动过，

一位少女来了。

十七

我走过冰封的河。

被冻结的晨光，在脚下尖叫，碎裂。

卵石紧张地挤成一堆，

因呼告无门而相互安慰。

十八

神的居所，

堆满苦难之石；

它焚烧苦难，

只留下石头——

那灰烬

全是苦难的灰烬。

十九

冷峻的容颜，

在高原的水里

是慈悲的。

二十

吹号角的是谁?

怒吼着。

黑暗里千军万马。

晨雾散尽。

草滩上的黑牦牛

依次过河。

二十一

有洁癖的仙女，

一整夜都在漂洗年宝玉则。

失眠者躺在床上，

影子怕孤单，也躺在床上。

注：年保玉则堰塞湖被称为仙女湖。

二十二

五月的花朵哭泣着，

这阳光的儿童，残雪因为它

哀告而坍塌。

二十三

蹄印积满昨日的雨水。

一路上，

全是天空的蹄形碎片。

二十四

黑麻土布挂在晾衣绳上。

雷击打一通，

闪电撕成条条；

有的搭上峰巅，

有的低垂草原。

二十五

下雨啦，下雨啦。

麻雀叽叽喳喳，

鸽子咕咕嘟嘟。

唯独灰鸭无动于衷，

看风

掀起屁股上的羽毛。

二十六

草尖一动不动——

它弓起腰

噙住了第一滴雨。

二十七

高峰嵯峨，灰岩之焰

煮不干密密麻麻的雨点。

空气打着寒战，

嘶嘶叫。

二十八

雨下着，雾罩着，

冷风把湖水搓啊揉。

哪能洗干净？

二十九

香柏和青稞燃起，

白烟被吹向虚空。

收到胸前的双手，攥住了什么？

三十

那些鸣禽飞回天上，

那些鱼儿潜入水底。

三十一

雷电劈开黑云。

哦，满天满地仁慈的雨滴。

三十二

一片浅草摇曳，

和平没过脚踝。

三十三

十月的草籽，

没有被风吹远，

被鸟儿带远了。

三十四

斑斓的玛尼石褪色了，

经文还在上头。

三十五

快躲开，绿绒蒿，

发怒的黑牦牛冲过来了。

三十六

当尊严的住处人迹罕至，

和平总是贫困的。

三十七

镜子面前，敌人只有一个，

自然之怀，爱人万万千千。

三十八

和花一样，

我的自由是短暂的，

而爱情会进入轮回——

这一季，属于马，

下一季，属于羊。

三十九

红尾蜥蜴

经过紫岩石，

灰白苔藓斑斑点点。

吓它们的

五个黄色手指。

注：红尾蜥蜴是世界上垂直分布最高的爬行动物，栖息于青藏高原北部。

四十

无法用方块字

讲述羌塘。

藏语

却一直沉默着。

四十一

迷失于雪原，

久了，方块字也变成

黑脸白玉牙。

四十二

满山坡读经的石头，

被风吹出大地的纹路。

四十三

有雪的山被云朵压着，

没雪的山被云朵压着，

山的影子和云的影子是一样的。

四十四

十月的湖面，

各种宝石凝固了又融化，

不仅光影无所适存，

我的心也无所适存。

四十五

荒野走着劳苦的碎石，

一片雪也是它们的担子。

四十六

画天空的，是左手；

画湖水的，是右手；

鄂棱湖，扎陵湖，

左手和右手，相互模仿。

注：鄂陵湖位于青海玛多县境内，是黄河源头两个最大的高原淡水湖泊之一，面积628平方公里，水色极为清澈，被称为“蓝色的长湖”。黄河从巴颜喀拉山北麓的卡日曲和约古宗列曲发源后，经星宿海和玛曲河，首先注入被称为“白色的长

湖”的扎陵湖，之后进入一条300多米宽的河谷，河水在这里分成九股，流入鄂陵湖。

四十七

高的和低的山，

淡的和浓的云，

顶着雪的和没顶雪的，

都是神谕……

四十八

车停垭口，

风哆嗦着把雪带过来。

四十九

羌塘之地，

仍有流浪的帐篷收容春天。

五十

站在高原，

大地一眼望穿。

五十一

所谓壮美，在我写出的一刹那凋零——

仿佛它们的败落与消失，

与我有关，因我而起。

五十二

静默时，歌唱是一种罪——

当九月阿里孤月高悬，

当三月林芝桃花盛开。

五十三

孤独的门打开了，

更多孤独爬了进来。

帐篷外面，

草叶的帆张满了风。

五十四

谁去拿来粮食和盐，

给那唱歌的人？

大地上全是不能走动的耳朵。

五十五

草根的自由，

长在黑暗里。

五十六

若雪山与湖泊无动于衷，

我为自己的漠然也找到理由了。

五十七

冬夜里想起花朵，

有触摸得到的暖意。

还有牦牛；或者，野驴。

五十八

在羌塘绝地，

贫瘠亦是神迹——

天空以云朵飘逸地书写，

大地笨拙，唯以兽的足迹描画。

五十九

你挖断了我的归途——

那水泥及柏油的道路——

在荒原上的身体安全了。

六十

初阳拉长路上的身影，

帐篷里宿醉者不想醒来。

六十一

生活在地球之巅，

苦难亦是其中一项报酬。

这世上的高贵的苦难啊。

六十二

你说：神落在春天的初芽上，

还是秋天的果实上？

你说：当每一棵草都被神护佑的时候，

灵魂在肉身里为神建造宫殿。

六十三

靠近雪线的岩石上，

黄苔藓坚韧而纯粹——

光里不沉沦，

夜里不颤抖，

顶着厚雪等待春天。

六十四

日复一日，白云拱高雪峰，

漠野萧瑟，生灵咀嚼了又咀嚼；

草摇曳，湖水绿了又蓝，

烟袅袅，帐篷再瘦一圈。

孤寂与贫困，他们看见了；

神劳动的地方，他们走远了。

六十五

云彩沉入水里，九月也跟着进去。

黑牦牛啊，你用舌头怎么打捞？

六十六

牦牛肉风干好了，

刀子早等不及了。

割过牧草的双手，

是它的合伙人。

六十七

狼毒草纸经卷读旧了，

谁把它折成飞毯？

向道路匍匐了一辈子，

大地仍望不到边。

六十八

草场、牦牛和羊，

胖和瘦，好或坏都是我的。

习惯了我家味道，

神灵也不走。

六十九

古老的语言，石头的文身，

听见了，看见了。

高原瘦骨嶙峋。

七十

贫瘠的草原是我的身体，

不是远方。

七十一

十根手指知道

尼泊尔木碗，与糌粑

最适宜。

它们用和声，歌唱水和青稞

——成为糌粑，

就不会那么愤怒了。

七十二

阿里之路遥远，

和平在这里要走久一些。

七十三

从天上来，

却不是神的孩子——

这白的花，等来春天，

便葬身于泥土。

七十四

磕长头的人，

用前额把天空钉在地上，

道路每天都被啃掉一块。

七十五

喜马拉雅以北，

从唐古拉山到羌塘，

灵魂飞过九月之霜，

与漠风窃窃私语。

维州之吐蕃间谍

九月维州，秋叶灿若烟霞，

美景当前，自可发思幽古之情。

且说此城，唐人视之：

“其州南界江阳，岷山连岭而西，不知其极。

北望陇山，积雪如玉。

东望成都，若在井底。

一面孤峰，三面临江，

是西蜀控吐蕃之要地。”

吐蕃思之：攻占维州，蜀地唾手可得。

上元元年，吐蕃势如破竹，

河西、陇右等县均在掌控中。

维州却累攻不下，谋士献计：

“乃以妇人嫁维州门者。

二十年中，生二子。

及蕃兵攻城，二子内应，城遂陷。”

噫，吐蕃王，你为一城，可等二十年！

噫，那妇人，为这王命，可挨二十年！

噫，那二子呢，那维州门者的结局呢？

噫，我在已是一座特色全无的水泥城中茫然着。

嗯，我到此一游，需在大雪来临之前回家。

注：维州，今四川理县，唐时重要边城关隘。上元元年（760年）时为唐代。

禄东赞日记（649 年）

前两回奉圣主命出使长安，犹见太宗龙颜，甚得恩宠，

今次则天各一方，呜呼哀哉！

或因皇帝驾崩，唐人多面色戚戚，目光无神，

但长安之繁华一如往昔，挥金如土，奢华无度。

想我吐蕃，人民淳厚，勇猛如狮，

土地广博，物资匮乏，少宜居之地，

实乃上天对我族之考验，吾辈奋发图变，岂敢怠惰。

我严令使团哀而不伤，抖擞精神，

务以吐蕃之强盛文明威仪示人。

圣主贤明，准备得当，除依礼进呈十五种稀世珍宝，

上书顾命大臣长孙无忌一事，最为瞩目：

“天子即位，下有不忠者愿勒兵赴国共讨之！”

所谓耿耿忠心，千秋可鉴，长安闻之振奋不已。

新帝李治下诏，册封我圣主为驸马都尉、西海郡王，

旋即加封“宝王”名号，以杂彩三千缎等赏赐，

并雕刻我圣主石像立于太宗墓前。

辞行前，宫廷画师又欲为我画像，我果断拒绝——

迎娶文成公主时节曾给我画像，惹我老大不高兴，

堂堂吐蕃大相，画上人如病夫一般，也太小瞧人啦！

唉唉，长安虽好，不是吾家。

我想死风干牦牛肉、糌粑和奶茶了。

我已经闻到帐篷里的香味啦。

注：禄东赞，唐时吐蕃大相。文中圣主指吐蕃王松赞干布。贞观十四年（640年），松赞干布命禄东赞为正使，出使唐朝，终使唐蕃和亲，文成公主入蕃。时唐太宗封其为右卫大将军，并欲将琅琊长公主的外孙女段氏嫁给他，禄东赞婉言谢绝：“臣本国有妇，父母所聘，情不忍乖。且赞普未谒公主，陪臣安敢辄娶。”贞观十九年（645年），唐太宗自高句丽班师回国，禄东赞又奉松赞干布之命，携一只高七尺，可装酒三斛的黄金大鹅到长安朝贺：“雁飞迅越，不及陛下速疾。”“夫鹅，犹雁也，故作金鹅奉献。”贞观二十三年（649年），唐太宗驾崩，松赞干布派禄东赞吊唁，并亲自给宰相长孙无忌写信，承诺“天子即位，下有不忠者愿勒兵赴国共讨之”。
禄东赞朝见唐太宗的场景见阎立本所绘《步辇图》，现存画作被认为是宋朝摹本。

唐使在逻些城所见

虽在长安曾见众多吐蕃留学生，

置身吐蕃国都人群中，仍感惊悚：

其蛮野之态，距文明远矣。

所幸蒙大唐之威，一路照顾殷勤，

礼数尚全。抵达逻些城，

吐蕃王公以我大唐之乐《秦王破阵乐》接待，

又奏《凉州》《胡渭》《录要》等，

我注意到乐队成员都是被俘于吐蕃的汉人。

几日来在城内盘桓，

吐蕃人善于下棋、六博，

喜好吹螺、击鼓。

盛名的马球尚未安排观赏，

想必比长安的比赛有看头。

当年从我朝所求《孝经》，

听说翻译成吐蕃文了，

或可带几本回去给某寺院。

这里天高地冻，水土不服，

刘大人半途就病倒了，祈望他平安回长安。

我路上写的诗稿被马吃了，

连日来头痛欲裂，一句都回想不起来。

又及，吐蕃人食仅青稞麦、荞麦、豌豆几种，

养牦牛、马、狗、羊、猪、骆驼，

天鼠之皮可为裘。

注：逻些，西藏拉萨古称。

G. 图齐先生的发现

造像者以别人难以模仿的手法突出自己的技巧，
却也证实了人类相互的影响犬牙交错——
看这翻边外衣（长袍）及其图案纹饰，
采用印度和于阗两种不同艺术风格，
尤其狮子、鸟等动物形象及花纹
所构成的织物装饰主题，源头直指萨珊波斯。
在艾旺寺，这尊菩提萨埵立像让人安静地揣度
艺术家的见多识广和他创作时的敬畏与谦卑。
杰作总是如此，其魅力因岁月的加持而增强。

而后藏芒囊寺壁画中的两位王子，
长袍有同款三角形翻边衣领，但稍窄；
发式均为两侧扎发髻垂肩；
两人头饰不同，一戴宽边卷檐帽，

一戴宽平顶无檐帽，或可能是头巾，

巾角一端垂于右侧。

两种帽式此前已数次见于吐蕃服饰。

那僧侣，未戴头巾，短发，长袍，

宽大的衣领翻在肩部，圆领内衣。

有人（海瑟·噶尔美）认为袍服衣领不合僧侣衣制，

故推测此人或者是“穿着宫中服装的出家国王”。

但我更愿肯定他是位特立独行的僧侣。

若今天他在藏区现身，同样也被侧目：

人们没有见过这样的打扮。

注：意大利学者G．图齐先生20世纪30年代开始在印度、巴基斯坦、尼泊尔和中国西藏进行学术考察。西藏中部艾旺寺菩提萨埵立像为11~12世纪作品，后藏芒囊寺壁画为11世纪作品。

洛克在迭部

（致阿诺德植物园主任萨金特教授）

十种不同类型的针叶树树丛远处即可辨认，

上帝哪，它们是十位来自天庭的使者。

迭部，让人震惊，一块处女地，

一座植物学博物馆。

即便必须去阿尼玛卿山，

为我工作的藏族青年及纳西小伙子也要留下，

帮我尽力得到所有的种子。

这个被“大拇指‘摁’开的地方”，

河流从藏区草原流来，

旺藏沟、麻牙沟、阿夏沟、多儿沟……

需要几天路程的峡谷，重重叠叠，

孕育着无人知晓的广袤森林，

我平生未见如此美景——分明是伊甸园！

《创世纪》作者当有如此遗憾：
没把亚当和夏娃诞生地放在这里。

附上我手绘的地图。你可看到我之居所
迭部扎尕那被石山环绕，
我用斜线清楚地标注了这些山的位置和走向。
靠山边栖息着一座寺院叫拉桑寺，
在它下面的村庄，房子挨着房子，
还有小麦和青稞的梯田，
在所有这些的后面，就是巨大的石灰岩山，
郁郁葱葱的云杉和冷杉布满峡谷和坡地。

我可能是第一个走完迭部地区的白种人，
如果不把这绝佳的地方拍摄下来，
我会感到是一种罪恶。
你可以想象我现在的生活：
不知疲倦地流连于迭部四季，

考察地貌，了解民俗，采集标本，

编号装箱，写日志及信，

最后，带着疲惫的幸福进入梦乡。

注：迭部是藏语“大拇指”的意思，被称为大拇指“摁”开的地方。1876年至1928年间，到达中国西北部的外国探险队有42支之多，但能深入到甘肃甘南藏区迭部地区的只有美籍奥地利裔学者约瑟夫·洛克（1884—1962年）一人。1924年夏，他得到哈佛大学阿诺德植物园主任萨金特教授的资助，开始了为期3年的考察工作，在迭部，他发现了至少10种云杉树，而中国全部云杉也只有17种。

画家坎瓦尔·卡里沙纳：根敦群培印象

“真正的艺术，就是举重若轻，
拿得起，放得下。
在生活的大海里航行，
靠岸总是格外美好、激动人心。”

“见鬼，那是享乐主义的腔调！
譬如我们一起的旅行，
美一直都在路上，
却总在最为艰辛的一段：
那些夕阳下的雪峰，
那些吃草的马儿，
那些给婴儿喂奶的女人。”

“那些美，你无须专注，

它们自然就在那里。”

“但不是所有的眼睛都能看见，
不是所有的心都有感觉。
噢，噢，若不能全神贯注，
他和瞎子有何异？”

我哑口无言。这个根敦群培，
爱嘲弄人的雄辩家，破坏偶像的导师，
他意犹未尽，马上去集市买回一瓶烧酒，
手不离杯，开始畅饮。
“我的脸红了吗？”
他不断地问我，醉醺醺地脱衣服，
然后一丝不挂地开始作画——
纸上先出现一个指尖，这条线
在寂静中穿过空气，水一样曲折起伏，
身形和精神漫散开来，线条探索着生命，

最后，笔尖回到起点：

尘归尘，土归土，

一个完美的男子，

一位没有瑕疵的神，诞生。

注：根敦群培（1905—1951年），画家、翻译家、哲学家、诗人，20世纪西藏杰出而具争议性的人物。1938年，他与画家坎瓦尔·卡里沙纳等人一起在西藏南部旅行了六个月，见于希瑟·卡尔梅的记述。

根敦群培的游历

一

同人类一样，总体的相似性
并不会混淆个体。每一处
荒原以及雪峰，河流与湖泊，
甚至一头牦牛，一株草，
宏大或渺小，都是特别的，独一。

神，因此得有地位，并因此长生。

二

居住在喜马拉雅山麓的人有福，
包容、忍耐、冀盼，他们占有了时间——
长的时间和短的时间，
黑暗的时间和光明的时间，

知道哪一些是自己的，什么时候就会用完。

三

桑耶寺，二楼走廊的阳光里
格桑花的微笑和我一样安宁。
两只花狸猫，慵懒如少妇，
享受着秋日午后的温暖，
不理会太阳勾勒它的剪影
并精心处理着边际的光晕；
不理会那些脚步——
不管是香客的，还是喇嘛的。
它们知道自己是一种证物——
没有它们，信仰与和平是不可靠的。

四

在拉萨，八廓街的一家客栈，
我整理着薄暮中的雪山与湖泊，

骤雨过后的村庄，牛羊和炊烟，

不知道要带走的是哪些？

遗忘的是哪些？哪一些会写成诗行？

注：根敦群培（1905—1951年），画家、翻译家、哲学家、诗人，曾多次在西藏、印度、尼泊尔等地旅行。通过接触敦煌资料和对藏族历史的研究学习，深有感触，开始编写《白史》。1945年，根敦群培从印度回到西藏，前往热玛岗等吐蕃历史遗迹进行实地考查和研究，经过3年努力，《白史》终于编撰完成。该书记述了松赞干布至芒松芒赞赞普时期的吐蕃历史，采用了与以往藏族史学家不同的写作方法，即将宗教和历史严格区分开来，与过去带有许多浓厚神话色彩的藏文史书截然相反。

致根敦群培的背影

一

八廓街角，一处画廊以你的名字命名
在顶楼喝着咖啡，翻后来者的画册
当然找不到你的容颜、你著作的节奏
你所使用过的色彩和描摹过的河山
我索性探头看楼下摩肩接踵的朝圣者
他们中间，可会有神似你的背影

二

曾想去你离开人世的住所看一眼
可一想到这改天换地之城，不知
哪座建筑还有灵魂飘荡可供凭吊
就以这城寄托哀思吧
你受的痛苦、你最后的岁月是黯淡的

那团在风中熄灭的火苗
到现在灰烬仍旧冰凉如雪
剩下的几卷画册、几本著作
让敬佩者敬佩，让愤怒者愤怒

三

当年在青海同仁，你父亲郑重地
在你心田种下慈悲的种子
果然以他期望的模样长大了
那棵树超出了生命的界限
至今生长不息，郁郁葱葱
北风过后，满地的叶子
踩过你寂寥而安宁的背影

找牛犊

（改编自藏区儿童游戏）

"喂，看见牛犊了吗？"

"你的牛犊什么样子？"

"我的牛犊上身是金做的，下身是银做的……"

"我们没有这样美的牛犊，

只有一只全身是泥的脏牛犊。"

"我看见了，它在门里面。"

"但你进不了这扇门。"

"这门是什么做的？"

"是黄金做的，要金钥匙才能打开。"

"这门是什么做的？"

"是珊瑚做的，要珊瑚钥匙才能打开。"

……

找牛犊的孩子气势汹汹：

“我要是变成一头老牛，

你们的门能挡住我吗？”

“格萨尔”说唱艺人桑珠的故事

云彩的脚踩过一百遍，

没有地方留下蹄印；

格萨尔王往那儿一站，

足迹被刻入岩石。

桑珠临终，似觐见伟大格萨尔，

高呼其名号，溘然长逝。

人已逝，故事似无可考，

唯高原长河静流，

听其所吟唱之《格萨尔》

仍字字珠玑，证实确有桑珠其人。

话说昌都乃格萨尔王故事代代流传之地，

天上有多少星星，格萨尔的故事也就那么多。

最好的青稞都酿酒了，

最好的酒都让英雄和说唱艺人喝了。

轮到桑珠出场时他还是个比马鞭高的孩子，

只会数出自家牛羊之数。

桑珠的祖先乃为一个叫“帕就”的家族，

意思是生在岩石盆里，

生活便如瘠石，贫穷如影相随。

小桑珠日日放牧着牛羊与饥饿，

似乎要和父辈一样就此终其一生，

谁料神有特别安排，奇异命运即将来临。

十岁的某一天，天色忽变，大雨倾盆。

正在放牧的桑珠，跑到松树下躲雨，

松针柔软，雨雾蒙蒙，辛苦的桑珠睡着了。

一觉醒来，松树不见了，

自己竟躺在乱石缝中。

桑珠——

桑珠——

依稀听见家人哭喊他的名字，

他始知害怕，急忙应声。

家人用绳子把他从石缝中拖出，

个个喜极而泣——他们已找他好多天了！

对于自己如何睡在石缝，

又怎能睡了这么久，桑珠一概不知。

宝贝失而复得，全家敬香诵经，感激神恩，再续日常。

但见桑珠，模样大变，

欢畅莫名，笑意盈盈，心语万千，

见人倾诉，无人倾听，说给牦牛。

家人见之，颇为不安：

此种病态，何医可为？

医生无解，唯求活佛。

“哦哦桑珠，确非凡人。”

活佛左端右详，断言这乃说唱《格萨尔》之征兆。

“噫噫桑珠，且待为你举行摸脉门仪式。”

不可思议之事出现了：无知无识的桑珠，

无人教授，竟可说唱《格萨尔》第一部《天界》；

接下来是《英雄诞生篇》，

随后是《赛马登王》……

如此文思泉涌，天天吟唱，

年满13岁之时，已说唱60多部格萨尔王故事，

部部完整生动，事迹感人。

或曰：青藏高原上此类故事颇多，

总有目不识丁者承担天授神命，

一夜之间，成为名震四方的说唱艺人。

再说格萨尔，原本名叫觉如，岭国穷孩子，

却在十六岁称王，终成万众领袖。

他们是高原信仰的记号，

像奇迹，从最不可能的地方产生，

像岁月，在最平淡的日子里永恒。

注：本文源自媒体对西藏著名格萨尔说唱艺人桑珠的相关报道。

2016年11月，改于拉萨八廓街；2016年12月，尼泊尔博卡拉再改；2017年3月，第六稿深圳改毕。